ORAISON FUNEBRE

DE

TRÉS-HAUT, TRÉS-EXCELLENT,

ET TRÉS-PUISSANT PRINCE

PHILIPPE V.

ROY D'ESPAGNE

ET DES INDES,

Prononcée dans l'Eglise de Notre-Dame le 15 Décembre 1746,

En présence de MONSEIGNEUR LE DAUPHIN,

PAR Meſſire PIERRE-FRANÇOIS LAFITAU, *Evéque de Siſteron*.

A PARIS,

Chez DURAND, rue Saint-Jacques, au Griffon.

A LYON,

Chez les Freres DUPLAIN, rue Merciere.

M. D. CC. XLVI.

AVEC APPROBATION ET PRIVILEGE DU ROI.

ORAISON FUNEBRE

DE

TRÉS-HAUT, TRÉS-EXCELLENT,

ET TRE'S-PUISSANT PRINCE

PHILIPPE V.

ROY D'ESPAGNE

ET DES INDES.

PLACEBAT TAM DOMINO QUAM HOMINIBUS. Il étoit également chéri de Dieu & des hommes.

Au I. Liv. des Rois, chap. 2.

MONSEIGNEUR,*

* Monseigneur
LE DAUPHIN.

Il est si rare qu'on plaise à Dieu sans déplaire aux hommes, & il est si difficile de plaire aux hommes sans déplaire

A ij

à Dieu , que les applaudiſſemens du monde ne ſe rencon-
trent preſque jamais avec les Bénédiétions de la Vertu. Ou
le monde nous abandonne , parce que nous ne nous attachons qu'à Dieu ſeul ; ou Dieu nous réprouve , parce que
nous nous attachons au monde. Ainſi dire d'un Roi que
pendant ſa vie il eut l'approbation de Dieu & l'approbation des hommes , c'eſt reconnoître en lui tous les différens
genres de mérite qui pouvoient lui attirer les regards du
Ciel & de la terre. C'eſt publier qu'il ſçut régner ſur lui-
même en régnant ſur les autres ; tempérer l'éclat de la Ma-
jeſté par les charmes de la douceur ; allier la condeſcen-
dance avec l'autorité , la clémence avec la fermeté , la prudence avec l'intrépidité , la conſtance & l'égalité d'ame
avec les viciſſitudes & les inégalités de la vie.

Auſſi , MESSIEURS , quand dans les paroles de mon Tex-
te, j'ai dit de l'auguſte Monarque qui excite aujourd'hui nos
regrets ce que l'Eſprit-Saint a dit de ce célebre Conduéteur
du Peuple de Dieu , qui établit le Trône de Juda , qu'il a été
également agréable à Dieu & aux hommes , j'ai prétendu an-
noncer dès l'entrée de mon Diſcours , que vous alliez voir en
lui l'exemple & le modele des Rois , l'ornement de la piété ,
le ſpeétacle des Nations , l'étonnement de ſes ennemis , l'admiration de ſes voiſins , l'amour & les délices de ſes Sujets.

Vous le verrez en effet , grand & magnanime en tout ,
ſe montrer toujours tel dans la paix comme dans la guerre ,
dans le ſecret de ſon Conſeil comme en public , dans les ad-
verſitez comme dans les proſperitez de ſon régne , dans les
affaires politiques comme dans celles de la Religion , dans
les plus petites comme dans les plus grandes occaſions. En
lui vous admirerez un Roi libéral & magnifique , un ami

conſtant & généreux, un allié ſûr & deſintéreſſé, un époux fidéle, un pere tendre, un maître indulgent, un juge inte- gre, un exterminateur du vice, un protecteur de l'innocen- ce, un rémunerateur de la vertu ; & concevoir de lui de moindres idées, j'oſe le dire, ce ſeroit n'avoir pas ſuivi les évenemens de ſon regne, ce ſeroit ne l'avoir pas connu.

N E mêlons donc rien d'étranger à un ſujet qui eſt ſi ri- che de ſon fond. Ne mêlons non plus rien de prophane à un ſujet ſi chrétien ; & n'offrons pas au Diadême un encens qui ne doit bruler que pour Dieu ſeul. Au contraire, fai- ſons voir que, juſques ſous l'éclat de la Couronne, il n'y a ſur la terre que la vertu ſeule qui ſoit digne d'une gloire im- mortelle. Sans perdre de tems : un Roi ſelon le cœur de Dieu : *Placebat Domino* : c'eſt ce que vous verrez dans la premiere partie de ce Diſcours. Un Roi ſelon le cœur de ſes ſujets : *Placebat hominibus* : vous le verrez dans la ſecon- de. Tel eſt le plan de l'Eloge funebre que je ne crains pas de prononcer en la préſence des Autels, & qui eſt dû à la mémoire de TRE'S-HAUT, TRE'S-EXCELLENT, ET TRE'S- PUISSANT PRINCE PHILIPPE V. ROI D'ESPAGNE ET DES INDES.

PREMIERE PARTIE.

C'eſt Dieu qui regle toutes les deſtinées, qui forme tous les évenemens, qui diſpoſe généralement de tout ; &, quoi qu'en puiſſe dire l'incrédulité des athées, ou l'impiété des libertins, la preuve en ſera ſenſible dans le ſujet que je traite. C'eſt Dieu qui forma le Duc d'Anjou pour le Trône. C'eſt Dieu qui le plaça ſur le Trône. C'eſt Dieu qui le ſoutint ſur le Trône. Je dis que Dieu le forma pour le Trône, parce qu'il lùi en confia tous les talens. Je dis que Dieu le plaça fur le Trône, parce qu'il lui en applanit toutes les voies. Je dis que Dieu le foutint fur le Trône, parce qu'il lui en accorda tous les appuis. Trois articles qui m'ont fait avancer que ce fût un Roi felon le cœur de Dieu : je vais les déveloper.

. A quelles marques voulez-vous reconnoître dans le Duc d'Anjou un Dieu appliqué à le former pour le Trône ? Voulez-vous en lui une augufte naiffance qui lui ouvre un chemin à la Couronne, & qui lui infpire tout à la fois des fentimens dignes de la porter ? Voulez-vous le voir doué de tant de qualités roïales qu'il meritât de régner avant même qu'il régnât ? Voulez-vous voir briller en lui plus de vertus chrétiennes qu'il ne devoit un jour porter de Couronnes ? Suivez-moi; & à chaque trait vous allez reconnoître la main de Dieu.

LE Duc d'Anjou étoit né de l'augufte Maifon de Bourbon; & vous fçavez qu'en naiffant du Sang de nos Rois, on apporte de prochaines difpofitions à régner & à vaincre.

A la grandeur de cette origine faut-il ajouter les plus belles qualités de l'ame que puiffe exiger le Trône ? C'eft à moi de vous faire voir que Dieu les avoit toutes réunies dans le Duc d'Anjou. Dès fa plus tendre jeuneffe, il parut accompli. C'étoit en lui une douceur dans l'efprit, une droiture dans le cœur, un air de bonté dans les manieres, une égalité dans l'humeur qui lui gagnoient tous les fuffrages. C'étoient dans toute fa perfonne des traits de grandeur qui, par avance, annonçoient en lui la Majefté.

BIEN PLUS : tout fon caractere étoit en particulier fi conforme au génie de cette Nation fage & judicieufe à laquelle Dieu le deftinoit, qu'il ne fut peut-être jamais de caracteres mieux affortis. De lui même le Duc d'Anjou fe

trouva tel qu'il le falloit à l'Efpagne. Je dis tel que l'Efpagne auroit pû le produire ou le former elle-même pour le
trouver à fon gré.

D'une humeur tranquille, & naturellement réfléchi, il
préféroit le folide au brillant, & le férieux à l'efprit vif &
enjoué. Par une prudence prématurée jamais il ne fut ni pré-
cipité dans fes jugemens & fes réfolutions, ni entier dans fes
fentimens, ni abfolu dans fes volontés, ni ardent dans fes
defirs, ni impatient dans fes peines, ni dur & fâcheux dans
fes difcours, ni bouillant ni empreffé dans fes actions. Au
contraire jufques dans les amufemens du premier âge il montra toujours une retenue admirable, un naturel fouple, un
génie accommodant, un cœur docile, une belle ame qui,
avec une conception aifée & les plus hauts fentimens, n'a-
voit point de volonté. La raifon en lui avoit prévenu l'â-
ge; & il fe conduifoit en tout par la raifon. Quand donc je
viens à confidérer que ce fond de maturité ne provenoit
ni des foins de l'éducation, ni des travaux de l'étude, ni
du fecours de la réflexion, mais qu'il étoit vifiblement un
don particulier de Dieu fur lui; & que, comparant enfuite
fon caractere de fageffe avec le caractere de la Nation Ef-
pagnole, je les trouve en tout fi parfaitement reffemblans:
puis-je ne pas reconnoitre que c'étoit en particulier pour
l'Efpagne que Dieu l'avoit formé ?

Que fera-ce quand j'aurai ajouté à tant de qualités
Royales, l'affemblage de toutes les vertus chrétiennes ? Ici,
Messieurs, je vous l'avoue, je fens tellement tout
l'avantage de mon fujet, que je ne fçais plus fi c'eft l'hiftoire de fa vie que je pourfuis, ou fi ce n'eft point fon pa-
négyrique que je commence. Quel agrément, que de pou-

voir exalter en lui tous les plus précieux dons de Dieu, sans avoir ni tems à excepter, ni défauts à diffimuler, ni contradiction à craindre, ni démenti à redouter ! J'attefte donc la foi publique, & j'en appelle à vos propres connoiffances.

Qui jamais fut plus convaincu que lui de tous les myfteres de notre fainte Religion, plus pénétré de la crainte d'offenfer Dieu, plus éloigné de rien dire contre la vérité, & de rien permettre contre la charité ? Il n'écoutoit ni les rapports de la médifance, ni les préventions de l'antipathie, pour ne pas s'expofer aux mouvemens de la haine ou de l'aigreur. Il n'y avoit ni complaifance, ni refpect humain, qui lui fiffent trahir ou négliger fes devoirs. Infenfible aux louanges des hommes, fourd à leurs flatteries, muet fur leurs défauts, ennemi de tous leurs vains amufemens, il avoit dès-lors l'efprit de retraite, & ne montroit de penchant que pour fes devoirs, de goût que pour la vertu, de paffion que pour fon falut, de contentement qu'en Dieu. Encore une fois, Messieurs, j'en appelle à la cenfure la plus attentive : qu'elle me démente fi cet éloge eft outré. Oui, au centre de tous les écueils on regardoit à la Cour l'innocence & la regularité de fes mœurs comme le miracle de fon âge.

Mais auffi, falloit-il un Prince moins accompli pour un Trône auffi brillant que l'eft celui que Dieu lui deftinoit ? Il ne s'agiffoit pas de moins que de réunir fur fa tête vingt-deux Couronnes en une feule ; que de proportionner l'étendue de fon mérite à une domination qui devoit s'étendre au-delà des mers ; que de l'établir fur un Royaume, qui par la multitude de fes Appanages, femble gémir fous le far-

deau

deau de fa puiffance , fous le poids de fa propre Grandeur :
Et pour regner , felon Dieu , fur tant de Peuples divers ,
falloit-il en lui moins de vertu ? Il eft vrai que ce projet fouf-
frit les plus grandes difficultés ; mais c'eft pour cela même que
j'ai d'abord avancé que , comme c'eft Dieu qui le forma pour
le Trône , parce qu'il lui en confia tous les talens , c'eft
Dieu encore qui le plaça fur le Trône , parce qu'il lui en
applannit toutes les voies.

RAPPELLEZ vous ici , MESSIEURS , ce qui fe paffa
autrefois dans la Maifon & la famille de David , lorfque
Dieu le choifit pour le Trône de Juda. C'eft ce que vous
allez voir fe renouveller dans la famille Royale , lorfque
Dieu choifit le Duc d'Anjou pour la Couronne d'Efpagne.
Qu'on préfente à Samuel l'un des enfans d'Ifaï , pour l'é-
lever à la Royauté : Ce n'eft pas celui-là , répond le Pro-
phête, que le Seigneur a choifi; (1) *nec hunc elegit Dominus.*
Qu'on lui en produife un autre : ce n'eft pas à celui-là non
plus , ajoute-t'il , que Dieu a deftiné la Couronne , (2) *etiam
hunc non elegit Dominus.* Qu'on lui en amene plufieurs autres
tout-à-la fois ; ce n'eft , pourfuit-il , fur aucun de tous ceux-
là que Dieu a jetté fes regards : (3) *non elegit Dominus ex iftis.*
Mais dès que le jeune David fe montre à lui : Ah ! s'écrie-t-il
auffitôt , voilà celui que le Seigneur agrée : (4) *unge eum :
ipfe eft enim.*

FUT-IL jamais une reffemblance plus entiere entre l'Hiftoire Sacrée & l'Hiftoire de nos jours ? Selon les loix fonda-
mentales de la Monarchie d'Efpagne fur la fucceffion à la
Couronne , le Dauphin de France devoit remplir un Trône
qu'il avoit hérité des droits de fa propre Mere. Mais quoiqu'il fût appellé par fa naiffance aux deux premiers Trônes

B

(1) 1. Reg. c.
16. ℣. 8.

(2) Ibid. ℣. 9.

(3) Ibid. ℣. 10.

(4) Ibid. ℣. 12.

de la Royauté, & qu’il y fût defiré pour fa fageffe, Dieu ne lui en deftina jamais d’autre, que celui qui lui étoit préparé dans le Ciel : *hunc nec elegit Dominus.* Au refus héroïque du Pere, fe trouvoit naturellement fubftitué l’aîné des Princes fes enfans ; & alors, dans le monde entier, quel autre que le Duc de Bourgogne, étoit plus digne de le remplacer ? Vous le fçavez ; le couronner, c’eût été couronner en lui toutes les vertus. Cependant Dieu ne lui avoit non plus deftiné aucune couronne fur la terre : *Etiam hunc non elegit Dominus.* Combien d’autres, moins dégagés de la paffion de regner, fe montrerent auffi plus avides du même Diadême, & prétendirent encore l’emporter fur nous ? Tels étoient l’Archiduc en Autriche, le Prince Electoral en Baviere, le Duc de Savoye en Italie : & ce n’étoit furement pas le mérite qui leur manquoit. Mais qu’étoit-il écrit dans le Ciel ? que pas un d’eux ne régneroit en Efpagne : *non elegit Dominus ex iftis.* Quel étoit donc celui que Dieu vouloit couronner d’une fi grande gloire ? c’étoit un Prince plus jeune encore, peut-être, que ne l’étoit David, un Prince qui avoit moins d’années que Dieu ne lui donnoit de couronnes ; mais un Prince qui, comme David, étoit felon le cœur de Dieu. C’étoit le Duc d’Anjou : *unge eum : ipfe eft enim.*

Qui décida donc de fa glorieufe deftinée ? Dieu, à qui feul il appartenoit de la régler : mais comment en décida-t-il ? remarquez-le bien, je vous prie : Par des vûes & des motifs fi fublimes, par des voies & des moyens fi peu attendus, d’une maniere fi fûre & fi efficace, qu’il n’eft pas poffible de n’y pas reconnoître l’ouvrage de fes mains. N’avançons rien fans preuves.

Dans quelles vûes Dieu plaça-t-il le Duc d’Anjou fur le

Trône des Rois Catholiques ? en vûe du repos de la France & de l'Espagne : en vûe de la religion même. Depuis près d'un siécle, l'Espagne avoit presque toujours tourné ses Armes contre la France. De la division des esprits étoit née la désunion des cœurs ; & de l'inégalité des succès étoit provenu aussi le besoin de secours ; mais, sous le prétexte de soutenir celle des deux nations qui se trouvoit inférieure en forces, ses Alliés en avoient fait leur propre soutien ; & en eux, plus les Princes hérétiques profitoient de la division, plus la Religion en souffroit.

Que fit le Seigneur pour arrêter enfin le cours d'une animosité si fatale au repos des deux Couronnes, & au bien même de l'Eglise ? Il accorda le Duc d'Anjou à l'Espagne ; & par ce seul don, qu'il lui fit, il la dédommagea de toutes les pertes qu'elle pouvoit avoir essuyées, il rapprocha les esprits, il réunit les cœurs, il déconcerta les projets de l'Héréfie, & il tarit ainsi jusqu'à la source de leurs hostilités.

De quels moyens Dieu se servit-il pour lui faire agréer un si grand Roi ? Providence de mon Dieu que vous êtes adorable ! Des mêmes moyens que nos Ennemis avoient concerté en Angleterre pour l'empêcher de regner. Je veux dire, de ce fameux *Traité de Partage*, qui, faisant concevoir aux Espagnols qu'on ne vouloit démembrer leur Monarchie que pour s'enrichir de leurs dépouilles, leur fit conclurre aussi, que pour ne perdre aucun de leurs Etats, il leur falloit nécessairement un Roi qui pût les conserver tous. Or, quel autre qu'un Prince de la Maison de Bourbon étoit par lui-même assez puissant pour en empêcher le démembrement ?

DE quelle maniere Dieu s'y prit-il pour aſſurer la Royauté au Duc d'Anjou, contre tous les complots de ſes Ennemis? Voulez-vous le voir encore dans une image bien naturelle, & une figure bien ſenſible que nous fournit l'Ecriture? De la même maniere dont il s'y étoit déja pris pour aſſurer la Royauté à Salomon, contre tous les complots d'Adonias. Celui-ci, dit l'Eſprit Saint, remuoit violemment pour écarter l'autre du Trône; & aſſuré d'un puiſſant parti en ſa faveur, il s'écria plus d'une fois : je regnerai, (1) *ego regnabo*. Mais qu'inſpira le Seigneur pour anéantir ſes eſpérances? Qu'on aille ſçavoir du Roi même quelles ſont ſes dernieres volontés ſur le choix de ſon Succeſſeur; & celui qu'il déſignera, ſera l'Héritier de ſa Couronne (2) *Domine mi Rex , in te oculi reſpiciunt totius Iſraël, ut indices eis quis ſedere debeat in ſolio tuo poſt te.*

TELLE fut la conduite que Dieu inſpira de tenir en faveur du Duc d'Anjou. Preſque toutes les Puiſſances de l'Europe ſe concertoient enſemble pour l'éloigner du Trône; & elles s'y portoient avec d'autant plus de chaleur, que chacune y trouvoit ſon intérêt particulier. Dans leur accord, indépendamment de toutes les Places des Pays Bas Eſpagnols, les plus Frontieres de la France, qu'on donnoit aux Hollandois, on cédoit à la Maiſon d'Autriche une brillante Couronne; à celle de Savoie, preſque toute la Lombardie; à celle de Portugal, d'immenſes Pays dans les deux Eſpagnes; à l'Angleterre & à la Hollande, la meilleure partie du Nouveau Monde. Ainſi ils ſembloient pouvoir ſe promettre de l'emporter, au moins par leur grand nombre. *Ego regnabo.* Que fit donc le Seigneur pour rompre toutes leurs meſures, & pour déconcerter leur entrepriſe? Il voulut

qu'à Madrid tous les Grands allaffent conjurer le Roi de
déclarer fes dernieres volontés ; & par la teneur même du
Teftament de Charles II. qui fut généralement approuvé
en Efpagne , folemnellement accepté en France , vifiblement ratifié dans le Ciel , Dieu confondit tellement toutes
les intrigues de la multitude , que , ni l'Autriche , avec tout
fon crédit , ni l'Empire , avec toutes fes forces , ni la Savoie avec toute fon induftrie , ni le Portugal , avec toutes
fes reffources , ni l'Angleterre & la Hollande avec tous
leurs mouvemens , ne purent arrêter la main qui décerna la
Couronne au Duc d'Anjou : *Domine mi Rex . . . . ut indices*
eis quis fédere debeat in folio tuo poft te.

DE combien de fentimens oppofés nos cœurs furent
alors combattus ! D'un côté nous étions trop confternés de
fon départ , pour bien fentir le plaifir de fon Triomphe ; &
de l'autre , nous étions auffi trop intéreffés à fon Triomphe,
pour ofer paroître affligés de fon départ. Que le dépit d'a-
voir échoué dans leur projet , porte préfentement les Puif-
fances ennemies jufqu'à la fureur de le vouloir détrôner. Vous
allez voir que le même Dieu qui le plaça fur le Trône , en
lui en applanniffant toutes les voies , l'y foutint en lui en ac-
cordant tous les appuis.

A la vûe d'un Petit-Fils de France fur le Trône d'Efpagne , nos ennemis conçurent un déplaifir mortel. Enyvrés,
comme nous avons vû , des plus flatteufes efpérances , ils
ne purent fe réfoudre à y renoncer ; & le prétexte fut bien-
tôt imaginé pour les faire revivre. Ce fut de fe récrier contre l'aggrandiffement de la Maifon de Bourbon , & de publier que toutes les autres Couronnes étoient en danger de
fuccomber fous le joug de fa Puiffance. A les entendre , elle

alloit bientôt tout engloutir. Selon eux, c'étoit une nécef-
fité que de s'unir tous pour s'oppofer à fes progrès ; & quoiqu'au fonds ce fût toujours l'ambition ou l'intéret dans les
uns, l'envie ou la jaloufie dans les autres, qui les portât à
éclater, tous s'y dirent contraints par de juftes allarmes. Le
Prince même, dont la propre Fille venoit alors de monter
fur le Trône d'Efpagne avec le nouveau Roi, ne fe montra
pas exempt de la défiance & de la crainte commune. Sous
ce mafque de terreur, on intrigua, on remua, enfin on fe
ligua de tous côtés en faveur des prétentions de l'Archiduc,
contre les droits de Philippe V. & d'une fi redoutable con-
fédération naquît avec le fiecle ce monftre à cinq têtes,
qui depuis agita, bouleverfa, enfanglanta toute l'Europe.

Repréfentez-vous donc les deux plus Puiffantes Maifons
de l'Univers, qui, de tout temps irritées par de fanglantes
guerres, conçoivent aujourd'hui les mêmes vûes fur l'Efpagne, & déploient toutes leurs forces pour former deux
partis oppofés. L'une avoit pour chef un Empereur, qui
fur fon Trône repréfentoit toute la Majefté des Céfars. A
la tête de l'autre, étoit un Monarque, qui fur fa Couronne
avoit réuni tous les Lauriers d'un Alexandre. L'un regnoit
depuis les Portes de l'Afie jufqu'à l'Océan ; l'autre s'étoit
toujours montré digne de commander à l'Univers. Le premier comptoit fur le fecours de fes Alliés, fur l'habileté de
fon Confeil, fur l'expérience de fes Généraux, fur le nombre de fes Soldats. Le fecond, toujours demeuré feul contre tous, étoit auffi jufqu'alors demeuré toujours invinci-
cible ; & après Dieu, fur lequel il comptoit principalement,
il ne fe repofoit que fur la Juftice & la terreur de fes Armes,
fur la fidélité de la Victoire, fur les miracles de fon Regne,

fur les Exploits de fa valeur. Celui-là portoit fon propre fils fur le Trône de nos Voifins. Le Petit-Fils de celui-ci s'y trouvoit déja tout porté ; & animés par la concurrence, les deux jeunes Héros fe montroient de part & d'autre réfolus de vaincre ou de mourir.

Qui des deux l'emportera ? c'eft moi qui ai fait la terre, dit le Seigneur, & je la donne à qui il me plaît : *Ego feci terram, & dedi eam ei qui placuit in oculis meis.* Que le feu de la guerre s'allume donc de tous côtés ; qu'il embrafe tout le midi de l'Europe ; qu'il voltige d'une Mer à l'autre, fans que toutes les eaux de la Méditerranée & de l'Océan puiffent l'éteindre ; qu'en arrivera-t-il ? ce que l'Univers vit alors avec étonnement, que, quoique toute la terre parût armée contre Philippe V. Dieu le foutint contre toute la terre. Vous diriez que tant de Nations ne s'étoient raffemblées devant lui, qu'afin qu'il donnât plus folemnellement la Loi à toutes les Nations ; & que Dieu n'avoit permis qu'il eût tant d'ennemis à combattre que pour lui donner en eux plus de témoins de fon Triomphe.

Dieu fit plus : pour mieux marquer que c'étoit fon ouvrage, il le foutint malgré les malheurs de la guerre. Et comment pourrois-je vouloir les diffimuler ici, puifqu'ils ne fervent qu'à exalter la Grandeur de Dieu même ? Pendant plus de dix années entieres & confécutives, Philippe V. avoit vû fon ennemi au fein de fes Etats, il l'avoit vû foulever la Catalogne, défoler les Royaumes d'Arragon & de Valence, ravager la Caftille, brûler fa Flotte & fes Gallions à Vigo, & faire périr avec eux toutes les richeffes de la nouvelle Efpagne, tous les tréfors du Pérou. Il l'avoit vû deux différentes fois maître de fa Capitale. Il avoit été témoin de fa victoire à la journée de Sarragoffe. Mais dans

(1) Jer. 27. ℣. 5.

les deux feules batailles rangées d'Almanza & de Villaviciofa Dieu lui fait oublier jufqu'au fouvenir de tous fes malheurs paffés. Il lui accorde de reconquerir fes Provinces perdues, d'enreprendre toutes les Places, & de triompher de tous fes ennemis.

DIEU fit encore plus : Pour mieux punir les auteurs d'une guerre fi injufte, il voulut que ceux qui avoient banni la paix, la ramenaffent ; & qu'eux-mêmes affuraffent au jeune Monarque la couronne qu'ils avoient voulu lui enlever. C'eft ainfi qu'autrefois il avoit (1) forcé Abner de ruiner fes propres projets, & d'affermir fur le Trône le Saint Roi Prophete qu'il avoit entrepris d'en chaffer. Les Anglois avoient été les premiers auteurs de la ligue contre PHILIPPE V. Les Anglois furent auffi les premiers à s'en détacher ; & par leur retour ils ne contribuerent pas peu à la diffiper.

DIEU ne s'en tint pas là : Pour mieux affermir la couronne fur la tête du Roi d'Efpagne, il écarta fon Compétiteur. Il le rappella dans l'Empire ; & il l'y établit de façon que de fonger deformais à s'aggrandir davantage, c'eût été pour lui le moyen de fe perdre.

DIEU alla encore plus loin : La jaloufie de nos ennemis étoit de voir deux puiffantes Couronnes dans une même Maifon. Dieu voulut au moins leur faire fentir qu'elle eft digne, & qu'en effet elle mériteroit de les porter toutes. Pour cela il donna à la Branche d'Efpagne cette heureufe fécondité qui fuffiroit aujourd'hui pour plufieurs Trônes ; & de tous les illuftres rejettons qui en font fortis, il n'en fut jamais un feul qui ne fe montrât propre à venir à l'appui de tous les autres.

TOUT cela, pourquoi? Remontons toujours à la fource,

pour

(1) 2. Reg. c. 3. ♈. 12.

pour empêcher , comme parle l'Efprit Saint , que nos Ennemis ne cruffent l'avoir emporté fur Dieu même : (1) *ne fortè fuperbirent hoftes ac dicerent , manus noftra excelfa & non Dominus fecit hæc omnia.* Pour maintenir l'équité dans l'ordre des fucceffions ; pour ôter à l'héréfie le faux efpoir d'obtenir jamais la fupériorité fur la Religion du vrai Dieu; pour benir dans la perfonne d'un Roi Catholique l'augufte Sang de Saint Louis , & de tant de Rois très-Chrétiens ; pour donner au monde entier le magnifique fpectacle de voir regner un Prince qui fçût être foumis à Dieu , quoiqu'il fe vît indépendant des hommes , modéré au milieu de tant de grandeurs , vertueux parmi tant d'écueils. Tel fut PHILIPPE V. & tel aurai-je déformais à vous le repréfenter. Ai-je donc eu raifon de dire que ce fut un Roi felon le cœur de Dieu? *Placebat . . . Domino.* Vous venez de le voir. Il fut auffi felon le cœur de fes Sujets. *Placebat hominibus* : c'eft mon fecond point.

(1) Deut. ch. 33. Ⱁ. 27.

SECONDE PARTIE.

LES Rois font les images de Dieu fur la terre. En cette qualité ils doivent retracer en eux un rayon de fa gloire , une idée de fa juftice , des traits de fa bonté. Tout Monarque , pour régner glorieufement , doit régner pour la gloire de fon Royaume , pour les intérêts de fon Peuple , pour le bonheur & la félicité de fes Sujets. Or l'Efpagne trouva dans PHILIPPE V. un Roi qui connoiffoit tous les droits de fa Couronne , & qui fçût fe faire refpecter: un Roi qui en connoiffoit toutes les forces , & qui fçût fe faire obéir : un Roi qui en connoiffoit tous les devoirs, & qui fçût

C

se faire aimer. Un Monarque donc qui régna avec dignité , qui régna avec équité , qui régna avec bonté : trois titres , sur lesquels je me suis fondé , quand j'ai avancé que c'étoit un Roi selon le cœur de ses Sujets. Tâchons de les bien approfondir.

Un Roi qui auroit toujours régné en Roi absolu , en Roi vraiment Chrétien & Catholique , en Roi magnanime , ne conviendrez-vous pas qu'il auroit régné avec dignité ? Attendez-vous donc à voir ici dans le Roi d'Espagne tout ce que le Christianisme a de plus sublime dans les sentimens , tout ce que la piété a de plus édifiant dans la conduite , tout ce que la grandeur d'ame a de plus magnanime dans le courage. C'est dans ce Portrait seul de sa personne que je prétens puiser la principale gloire de son Regne.

Ce fut à l'âge de dix-sept ans que PHILIPPE V. commença de régner ; & à cet âge combien n'est-il pas dangereux qu'un jeune Prince , se trouvant maître des autres , ne soit pas maître de lui-même ? De tous les Courtisans qui l'environnent, il en est peu qui ne cherchent à saisir sa confiance pour s'emparer de son esprit , & , sous ombre de le servir , presque tous aspirent à le gouverner. Mais en vain la Cour des Rois a-t-elle été dans tous les tems le centre de l'ambition. Sous le Regne de PHILIPPE V. il fallut que toute intrigue de Cour prît le parti de disparoître ; & que, né pour obéir, on ne songeât pas à commander. L'Espagne n'avoit déja que trop souffert d'une pareille envie de dominer ; & l'épuisement de ses finances marquoit assez qu'on avoit moins travaillé à servir l'Etat, qu'à le ruiner. Ce n'étoit plus cette florissante Monarchie qui, sous PHILIPPE II. avoit autrefois brillé avec tant d'éclat. Dépourvûe de troupes & frustrée de la meilleure partie de fes revenus, elle fe trouvoit dépouillée de tous les ornemens de fa gloire, & dénuée des moyens les plus néceffaires pour la recouvrer.

POUR remédier à tout, Philippe V. eût l'œil à tout. Ferme dans la réfolution de gouverner par lui-même, il prétendoit que fes Volontés fuffent des Ordres ; qu'un mot fît la Loi, & que la Loi fût pour tous. Il permettoit bien qu'on l'approchât avec facilité, qu'on lui parlât avec confiance, & qu'on fût devant lui fans contrainte ; mais il exigeoit qu'on fe contînt toujours dans la fubordination : & , s'il étoit le Pere de fes Sujets, il n'oublioit pas non plus qu'il en étoit le Roi. Dans le grand nombre de fes Courtifans, & dans des commencemens toujours difficiles, trouve-t-il des efprits inquiets & remuans, des cœurs plus avides de biens que de gloire ; qui, mécontens d'un fi bel ordre, ne lui rendent plus que des hommages forcés : par indulgence il les laiffe jouir de leurs revenus, mais il les juge indignes de fa préfence ; & parce qu'ils avoient entrepris de fortir de leur Sphere, il les fit fortir de fes Etats. Le fruit d'une fi noble conduite fût, qu'animé par une fi grande Ame, le corps entier de la Monarchie parût reffufciter de cet état languiffant où il étoit depuis fi long-temps enfeveli ; qu'il referma toutes fes plaies, en liquidant toutes fes dettes ; qu'il acquit même de nouvelles forces en accumulant de nouveaux Trefors ; qu'au moyen de ce fang, qui recommençoit à circuler dans fes veines, il reprit fon premier luftre avec fon ancienne vigueur ; & qu'après treize ou quatorze années de guerre, il fe trouva encore en fituation de remettre fur pied les plus fortes Armées de Terre, de couvrir la Mer de fes Vaiffeaux, de fecourir la Religion contre les Infidéles,

C ij

de faire fur eux en Afrique de nouvelles Conquêtes, & de fe faire refpecter, rechercher même de fes Ennemis.

ATTENTIF à foutenir ainfi la Dignité Royale dans toute la Splendeur & la Majefté du Trône, PHILIPPE V. fut-il moins fidéle à en rapporter à Dieu toute la gloire? Ah, MESSIEURS, avec quel foin ne renvoyoit-il pas à Dieu tous les hommages qu'il recevoit des hommes! Quel fpectacle plus édifiant que de le voir mener fur la terre la vie des Anges dans le Ciel; n'interrompre les affaires de fon Etat que pour vacquer à celles de fa confcience; ne fe dérober aux yeux de fes Courtifans, que pour aller dans la retraite s'adonner à la Priere, à la Lecture, à la Méditation; ne les conduire au pié des Autels que pour leur apprendre que c'étoit à Dieu feul qu'ils devoient tout leur encens? Qui ne feroit faifi d'admiration de le voir en rafe campagne, dès la premiere année de fon Regne, defcendre de Cheval, à la vûe du Saint Viatique porté à un Malade; l'attendre à deux genoux dans la bouë; fe profterner devant fon Divin Maître, comme un Séraphin devant l'Arche; rentrer dans Madrid pour le fuivre à pied, un Flambeau à la main, & lui offrir encore publiquement fa vie pour le falut du mourant?

FAUT-IL être furpris préfentement qu'avec un fi grand fonds de piété, il fe fût rendu fi recommandable par fon amour pour la Religion Catholique? Il la protégeoit par l'autorité de fes Edits; il la défendoit, ou il la vengeoit par le fuccès de fes armes; il l'étendoit jufques dans le nouveau Monde par la magnificence de fes largeffes. Il la foutenoit, il l'honoroit, il la perfuadoit par la force de fes exemples. Il eut voulu pouvoir abolir tous les abus, corriger tous les

défauts, exterminer tous les blafphêmes, éteindre tous les
vices, faire fleurir la piété, allumer l'amour de Dieu dans
tous les cœurs. Comme il ne fe propofoit, en régnant, que
de faire régner Dieu en lui, & avec lui, pour lui plaire il
fuffifoit de plaire à Dieu. Pour croître en mérite auprès de
lui, on n'avoit qu'à croître en vertu auprès de Dieu : & pour
entrer à fon fervice, nul titre n'étoit jamais mieux reçu
qu'une profeffion ouverte de fervir Dieu.

Cependant ce Héros de la Religion, fi admiré pour fa
piété, n'étoit ni moins honoré ni moins refpecté pour la
grandeur & la magnanimité de fon courage. Auffi brave à
la tête de fes Armées, que religieux au pied du Sanctuaire,
il fit en toute occafion des prodiges de valeur. Entre tant
de faits, capables d'immortalifer fa bravoure, n'en choififfons
qu'un feul ; tous les autres font marqués au même coin.
C'eft celui où, après avoir, fous Brihuega, taillé en pieces
plus de cinq mille Anglois, fait prifonniers leurs deux Généraux, Stanhope & Carpenter, il fe jette fur un manteau,
qu'il avoit fait étendre fur la neige, pour y paffer la nuit,
& où dès le lendemain, fecondé du Duc de Vendôme, l'un
des plus grands Capitaines de fon fiécle, il marche aux
Impériaux ; rompt leur aîle gauche qui lui étoit oppofée,
la diffipe, & force le Général Staremberg à fe fauver par
la fuite. Dans cette célebre & même action, qui décida
enfin du falut de l'Efpagne, combien de fois ne le vit-on
pas fe partager, pour ainfi dire, & fe multiplier lui-même
pour fe porter par tout, veiller & pourvoir à tout, fuppléer
& fuffire à tout, ordonner & décider de tout, infpirer partout fon courage & fa valeur ? Il ne connoiffoit ni péril, ni
fatigue, ni embarras, ni accident qui l'étonnât, ou qui pût

l'arrêter. Les contre-tems mêmes & les revers qui le mirent
à tant d'épreuves , ne purent jamais l'abbattre ni l'ébranler.
Par sa façon d'agir & de penser , il donnoit plus d'éclat à sa
Couronne , qu'il n'en recevoit. Aussi régna - t'il toujours
avec tant de dignité , qu'il fut honoré , respecté, estimé ,
applaudi de ses ennemis mêmes.

J'ai ajouté qu'il régna avec équité. Tous s'en ressenti-
rent au-dehors & au-dedans de son Royaume : au-dehors
par la Religion & la foi des Traités : au-dedans , par le
maintien des loix & des usages les plus chers à la Nation.

Il en faut convenir , MESSIEURS ; il est heureux pour
nous d'avoir un Roi équitable , dont la modération regle
les conquêtes , & dont la justice dicte toutes les Loix. Il
n'est peut-être point de fléau plus terrible qu'une Puissance
qui n'a pas l'équité pour partage , & qui a l'ambition pour
mobile , la fausse gloire pour motif, de prétendus droits
pour prétexte. A la moindre lueur de prospérité , elle de-
vient intraitable. Elle veut pour tributaires ceux qu'elle ne
peut avoir pour sujets , & elle en fait ses victimes , ne pou-
vant en faire ses vassaux. A cet égard nous ne devons pas
mesurer le bonheur des autres Peuples de la terre , sur notre
propre bonheur. Tous n'ont pas , comme nous , un Roi
conquérant qui n'ambitionne que la paix.

L'ESPAGNE eut le même bonheur. Comme PHILIPPE V.
n'entreprenoit rien que de grand , il n'exigeoit non plus
rien que de juste , & ne faisant tort à personne , il vouloit aussi que personne ne lui en fît. Que l'Empereur Joseph
entreprenne de lui enlever le Royaume de Naples : PHI-
LIPPE V. sçait , pour un tems , céder aux circonstances ;
mais bien-tôt il sçut aussi , les armes à la main , punir le suc-

cès d'une premiere entreprife. Que l'Empereur Charles VI.
attente, dans Milan, à la liberté d'un Grand d'Efpagne: pour
venger l'affront fait à fa Couronne, le Roi lefé lui enleve
la Sardaigne ; & ne la rend que lorfqu'on le remet en pof-
feffion de la Sicile. Que le Roi d'Angleterre veuille ufurper
fur lui les priviléges de fon commerce : il le traite à peu près
devant Carthagene, comme il avoit déja fait dans la Floride
lorfqu'il y prit, ou qu'il y brûla tous fes vaiffeaux. Au-dehors
il tenoit tout en regle.

A I N S I en fut-il de fon inflexible équité à maintenir au-
dedans les loix & les coûtumes. Chaque pays a fes ufages ;
& en Efpagne ils font paffés en loi. Le danger étoit qu'un
jeune & nouveau Roi n'eût d'autant plus de peine à
en prendre les maximes, qu'elles fe trouvent plus différentes des nôtres. En France on veut un air ouvert, un abord
prévenant, un accueil gracieux, de l'enjouemênt dans les
manieres, de l'agrément dans le difcours, de la facilité dans
les promeffes, de l'activité dans les fervices, de la vivacité
dans l'action. En Efpagne, au contraire, on veut des de-
hors impofans, un maintien arrêté, une contenance férieufe,
des difcours mefurés, du poids, du phlegme, de la gravité
en tout. Ici on veut de la fomptuofité dans les repas, du
luxe dans les habits, de la variété dans les modes, de la
magnificence dans le meuble, de l'éclat dans les équipages,
de la profufion au-dehors, de la rareté, de la fingularité,
de la nouveauté en toutes chofes. Là, au contraire, on ne
veut de pompe que dans les fêtes publiques. On veut bien
de la décence & de la nobleffe en tout ce qui fe fait : c'eft
même le goût & le génie de la Nation ; mais on fe contente
d'un éclat moins vif, pourvû qu'il foit toujours également

foutenu, d'un effor moins grand, pourvû qu'il foit toujours convenable au rang, d'une repréfentation fans fafte & toujours reglée par une fage œconomie. Par-deffus tout, on ne veut de changement en rien.

C'en fut affez pour PHILIPPE V. Ne voyant en tout cela que des maximes dignes de la haute fageffe des Efpagnols, & comprenant combien c'eft quelque chofe de facré que les mœurs particulieres de tout un Royaume, il fe fit un principe d'équité de s'y conformer en tout. Il apprit, & il parla leur langue; il s'affujettit à toutes leurs façons d'agir & de fe mettre; il prit leurs mœurs; il s'impofa leurs loix; il fit ferment de les obferver toutes, & de ne rien innover dans la Monarchie. Il ne changea rien, en effet, à l'ancienne forme de leur Gouvernement. Il entreprit même de la faire revivre dans tous fes points; & de cent Peuples divers, auxquels il commandoit fous l'un & l'autre hémifphere, il n'en étoit point fous fon Empire qui ne fuffent gouvernés felon leur goût. Ce qui réfulta d'une conduite fi louable & fi fage, fi jufte même & fi raifonnable dans le Roi, c'eft qu'en fe faifant tout Efpagnol avec eux, il les rendit tout François avec lui. Précieufe récompenfe de l'équité avec laquelle il régna!

J'ai dit enfin qu'il regna avec bonté? C'eft principalement à cette qualité du cœur que les Ifraëlites prétendoient reconnoître le fang de leurs Rois. L'Etranger même s'écrioit qu'ils étoient naturellement bons: (1) *audivimus quòd Reges domûs Ifraël clementes fint.* Mais s'il en fut quelquesuns de ce caractere fur le Trône d'Ifraël, on n'en a encore point vû d'autres fur les différens Trônes des Bourbons. Figurez-vous donc un Monarque qui, fur ce même front où

étoit

(1) Reg. ch. v. 31.

étoit peinte la Majefté de tant de Rois , portoit encore l'image de la bonté même. PHILIPPE V. en avoit tous les traits. Jufques dans l'air de fon vifage , on lifoit tous les fentimens d'un cœur plein de bonté. Il fe faifoit un devoir de remarquer & d'agréer les fervices qu'on lui rendoit , un art obligeant de les faire valoir , un plaifir de les recompenfer. Il fe plaifoit à répandre fes bienfaits partout où il étoit, partout où il portoit fes regards , partout où il pouvoit porter fes foins. Il comptoit pour rien de régner fur les perfonnes , s'il ne régnoit encore plus fur les cœurs. En voulez-vous un trait bien marqué ? Le fils d'un Grand-d'Efpagne avoit commis un crime capital. Mandé par le Souverain, & admis à prononcer lui-même fur l'action de fon fils, le Pere répond fans héfiter: il mérite la mort. Vous le jugez en Roi , dit le Monarque , je le juge en Pere. Je le condamne aux arrêts pour un an; & , s'il y apprend à réprimer deformais les premieres faillies de fes paffions , j'aurai autant de joie de vous l'avoir rendu, que vous auriez eû de douleur de le perdre.

AUSSI quel amour que celui qui s'alluma pour lui dans le cœur de fes fujets! Jugez-en par la fidélité qu'ils lui témoignerent. Non : toute l'antiquité n'a peut-être rien d'égal, aumoins n'a-t-elle rien de fupérieur à la fidélité dont je parle. Dans la crainte de le voir détrôner & de le perdre , que ne firent-ils pas pour fe le conferver ? On vit les officiers de fa Couronne offrir les gages de leurs charges , & les particuliers taxer leurs propres fonds pour venir à fon fecours. On vit toute la Monarchie s'ébranler , les principaux membres de l'Etat, fes Commandans, fes Gouverneurs , fes Vice-Rois , tous les Grands-d'Efpagne abandonné

D

donner leurs revenus, leurs meilleurs effets, leurs familles mêmes, & fortir de Madrid pour le fuivre. On vit Madrid même ne préfenter plus à l'ennemi qu'une Capitale fi deferte, un filence fi profond, une confternation fi générale que le triomphe du Vainqueur lui paroiffoit à lui-même une véritable défaite. Je me trompe, Meffieurs : je me trompe. L'Elite même de la principale nobleffe étoit reftée alors dans Madrid, & elle y étoit concentrée dans la perfonne d'un feul Grand que la caducité de fon âge y avoit retenu. C'eft celui qui femble n'y être demeuré au pouvoir de l'Archiduc, que pour aller fierement lui dire ces courtes, mais énergiques paroles : vous aurez plûtôt ma vie que ma fidélité. L'attachement des peuples pour PHILIPPE V. alla fi loin qu'ils aimoient mieux voir brûler leurs maifons que de crier feulement, *vive Charles III.* L'amour des troupes pour leur Roi étoit fi vif qu'il y eut des garnifons entieres qui, forcées de fe rendre, ne voulurent jamais figner l'Acte de leur Capitulation qu'on n'en eût effacé le titre de Roi d'Efpagne que l'Archiduc y avoit pris. Les allarmes des uns & des autres furent fi grandes, lorfque, fur de faux bruits, ils apprehenderent qu'après l'affaire de Sarragoffe il ne fe retirât en France, & qu'il ne les abandonnât, qu'on vit en un même jour les cinq Confeils d'Andaloufie, les Provinces de la Manche, d'Eftramadure & de Galice dans la détermination de venir le redemander, & réfolues de ne pofer les armes que lorfqu'il feroit paifible poffeffeur de fes Etats. Or étoit-ce là poffeder le cœur de fes fujets ?

Pour en mieux juger encore, remontons à ces jours où toute l'Efpagne parut enfevelie dans la trifteffe & dans le deuil, dès qu'on eut appris qu'un Roi fi aimable étoit def-

cendu de ce même Trône qu'il rempliſſoit ſi dignement ,
& qu'il venoit d'abdiquer la Couronne. Ce fut alors ſur-
tout qu'on vit ſes ſujets convaincus que toutes leurs for-
tunes étoient renfermées dans la ſienne , & qu'il étoit l'ame
de ſon Etat. Mais s'il aimoit tendrement ſon peuple , il
aimoit Dieu encore plus ardemment ; & comment l'arra-
cher deſormais à une ſolitude où il ne s'occupoit plus que
de Dieu ſeul ? C'étoit d'ailleurs dans cette paiſible retraite
qu'il paſſoit des jours tranquilles & heureux avec l'Auguſte Reine qui mit toujours ſon devoir & ſon bonheur à le
ſuivre. C'étoit dans ce ſaint lieu de recueillement qu'il ſe
plaiſoit à élever ce glorieux Prince qui porte actuellement
ſon Diademe , à lui tracer par écrit à peu près les mêmes
leçons de Religion que St Louis avoit données à ſon fils ;
à lui inſpirer pour la France & pour ſon Roi, cette tendreſ-
ſe de ſentimens,dont ſon propre cœur étoit rempli , & à
le former avec ce ſuccès qui nous fait aujourd'hui retrou-
ver le Pere dans le fils : (1) *reliquit enim ſimilem ſibi poſt ſe.*

(1) *Eccli. ch.*
30. v. 4.

QUAND donc il fut queſtion pour PHILIPPE V. de renoncer à un ſi ſaint & ſi doux repos pour rentrer dans tous
les embarras de la Royauté, la peine, qu'il en reſſentit,
égaloit celle qu'on avoit eue de l'en voir dépouillé : & pour
pouvoir comprendre combien il perſiſtoit toujours à s'eſti-
mer heureux d'avoir quitté le Diademe , il ne nous falloit
pas moins que ce qu'il en coûta d'inſtances & de prieres ,
de ſoupirs & de larmes, de conſeils & de ſéances , d'avis
& de déciſions , de ſoins & de peines , pour le lui faire reprendre. Il n'y eut qu'une néceſſité d'Etat , qu'une obli-
gation abſolue & indiſpenſable , que la volonté de Dieu
bien marquée & bien connue , qui purent vaincre la réſiſ-

tance qu'il y apporta. Auffi eft-il exactement vrai de dire
que, quand il étoit descendu de son Trône, il n'avoit sa-
crifié que sa Couronne : mais que, quand il y remonta,
il se sacrifia lui-même à l'amour & au besoin de ses sujets.

Eh ! de combien de bénédictions Dieu ne le combla-t-il
pas aussi depuis ? Bénédictions sur sa personne sacrée : ce
ne fut, à proprement parler, que du jour de son second
avenement à la Couronne qu'il commença à goûter les
douceurs d'un Regne, dont les troubles auroient naturellement dû le dégouter du premier.

Bénédictions sur sa Famille Royale : jamais peut - être
union ne fut plus parfaite que celle qui régna toujours entre l'héritier de son Sceptre, & cette auguste Princesse de
Portugal qui en partage avec lui tous les honneurs. N'ayant
en tout qu'un même esprit & une même volonté avec lui,
elle met toute son attention à lui plaire, sa joie à lui ap-
plaudir, son devoir à le cultiver, sa gloire à lui obéir,
sa perfection à l'imiter ; & l'aimant comme son Epoux,
Elle le respecte tellement comme son Roi, que, si dans le
discours il lui échappe quelque mot qui puisse marquer
entr'eux l'égalité, Elle ne rougit pas de se reprendre pour
user d'expressions qui marquent mieux sa dépendance.
Quelle consolation ne fut-ce pas pour PHILIPPE V. lors-
qu'il vit le premier fruit de son second mariage établi en
Italie sur un Trône qui, n'ayant d'abord été qu'un appa-
nage de sa naissance, est depuis devenu le prix de sa valeur ? Quelle joie ne vit-on pas éclater en lui lorsque,
empressée à couronner les vœux de celui des Princes ses
enfans, dont le tems n'a pas encore couronné la destinée,
la France lui envoya pour épouse cette auguste Princesse

qui, remplie de charmes, parut devant lui embellie de toutes les mêmes graces qui entourent encore aujourd'hui notre
Trône ? Sa piété même, combien ne parut-elle pas satisfaire,
lorsque la Pourpre Romaine alla jusques dans le sein de sa famille s'allier à la Pourpre Royale ? Et si parmi les augustes
Têtes de sa famille, il reste encore à Lisbonne & à Madrid
deux vertueuses Princesses à nous rappeller ici, n'aurai-je pas
rempli votre attente en disant qu'elles semblent ne se présen-
ter, selon leur rang à la suite de tous les autres que pour re-
cueillir leur mérite, & partager tous leurs éloges ? Ne puis-je
pas même dire de toute son auguste famille ce que nos divi-
nes Ecritures nous apprennent des enfans de Tobie, qu'ils
formoient tous une génération d'autant plus digne de celui
qui l'avoit produite, que, comme lui, elle n'avoit pas moins
trouvé grace devant Dieu que devant les hommes ? (1) *Om-
nis generatio ejus in bonâ vitâ & in sanctâ conversatione perman-
sit, ità ut accepti essent tàm Deo quàm hominibus.* Or encore une
fois, dans le langage ordinaire de Dieu ; que signifient tant
de consolations, versées toutes dans le cœur de PHILIPPE V.
depuis son retour à la Couronne ? Croyez-vous que Dieu
les eût attachées ou à un caprice qui la lui auroit d'abord
fait abdiquer, ou à un repentir ambitieux qui la lui auroit
ensuite fait reprendre ?

 A considérer les choses humainement, MESSIEURS, un
si grand Roi ne devoit-il pas être immortel ? Mais loin de
nous que, pour la félicité des autres, nous vinssions ici à
perdre de vûe sa propre félicité. Non : la terre n'étoit plus
digne de lui, depuis que dans le Ciel il avoit été jugé digne
de Dieu. N'appréhendez donc pas que je déplore en lui
comme un malheur cette fin précipitée qui termina ses

(1) Tob. cap 14.
x. 17.

jours : je la regarde comme une grace & comme une récompenfe de fa vertu. Dans tous les différens âges de fa
vie , Philippe V. avoit fenti les pointes & les épines du
fcrupule ; & les Directeurs de fa confcience avoient fouvent
appréhendé qu’à fa mort il n’en éprouvât les troubles & les
agitations. Si , loin du péril , fon ame timorée leur avoit
paru craindre la fainteté de Dieu , autant que nous avons
tous lieu de craindre fa juftice ; à leur tour ils craignirent
plus d’une fois qu’aux approches de l’éternité la vivacité
même de fa foi ne fervît qu’à allarmer encore plus fa confiance. Mais c’eft à cela même que , felon la penfée de faint
Auguftin , Dieu a pourvu dans fa bonté , d’une part, en le
difpofant peu de jours auparavant par l’approche des Sacre-
mens à paroître devant lui, & de l’autre, en ne permettant
pas qu’une vie fi irréprochable fut à la fin troublée par les
frayeurs & les horreurs de la mort. Du refte on ne peut que
bien finir quand on a toujours fi bien vécu ; & ce ne fera
jamais dans un fi religieux Prince qu’on foupçonnera une
mauvaife mort.

J E n’ai cependant pas tout dit , MONSEIGNEUR , parce
que je n’ai ofé dire tout. Quelles rares qualités n’aurois-je pas
pû exalter dans ce riche préfent que vous aviez reçu de fes
mains pour en orner un jour le Diademe ? Mais, dès qu’il en
a été comme de ces fleurs qu’on voit finir lorfque leur fruit
commence à paroître , devois-je fous vos propres yeux ,
peindre un objet fi digne de vos plus tendres complaifan-
ces, & m’expofer en le faifant, à renouveller votre douleur ?
Et d’ailleurs aurois-je jamais pû dire à fa louange rien qui
dît autant que vos regrets ?

NON : MONSEIGNEUR ; j’ai quelque chofe de plus con-

folant à préfenter ici. C'eft qu'iffu d'un même fang avec
l'augufte Monarque qui lui donna le jour, vous vous atti-
rez auffi les mêmes bénédictions. C'eft qu'enrichi des mêmes dons de la nature & de la grace, vous avez dans le
difcernement une même pénétration qui vous fait connoî-
tre tous vos devoirs; dans le cœur, une même bonté qui
vous les fait aimer; dans l'ame, un même fonds de Religion
qui vous les fait pratiquer. C'eft que, né pour les mêmes
honneurs, vous en êtes d'autant plus digne, que vous
ne craignez rien tant que d'en jouir. Vous ne vou-
lez pas même fouffrir qu'on vous en parle. Heureux
donc de poffeder en vous un Dauphin qu'on a déja vu
dans le feu des combats aimer la gloire plus que la vie, &
toujours le Roi plus que vous-même, nous nous déclarons
contens de pouvoir feulement vous confacrer toujours nos
plus profonds refpects ; & nous laiffons volontiers à nos
derniers neveux la gloire de vous obéir.

SEIGNEUR, vous nous l'avez donné dans votre magnificence, confervez-le dans votre bonté : c'eft nous intéreffer pour votre gloire que de nous intéreffer pour fa con-
fervation. Accordez au Prince que nous regrettons le bonheur de vous voir, & continuez à celui que nous voyons
le bonheur de vous aimer. Que l'augufte Sacrifice, qui vous
eft offert fur nos Autels, foit un Sacrifice d'expiation pour
l'un & un Sacrifice d'impétration pour l'autre. Que cette
trifte cérémonie ferve à nous convaincre tous de la briéve-
té, de l'inftabilité, de la caducité des grandeurs humaines !
Non, MESSIEURS, rien de grand dans le monde que ce
qui eft grand aux yeux de Dieu. Lifons donc dans la fin

de la vie du Roi d'Espagne le dernier terme de la nôtre ;
& vivons comme lui dans le tems, si, comme lui nous
voulons avoir un droit acquis sur la bienheureuse Eter-
nité.

APPROBATION.

J'AI lû par ordre de Monseigneur le Chancelier un Ecrit qui a
pour titre : *Oraison Funebre de très-Haut , très-Puissant , & très-
Excellent Prince* PHILIPPE V. *Roi d'Espagne & des Indes , prononcée
dans l'Eglise de Paris , par M. Lafitau Evêque de Sisteron ;* je n'y
ai rien trouvé qui ne soit digne de l'Auguste Monarque qui vient
d'être enlevé à l'Espagne. Les louanges que l'Orateur sacré lui
donne, sont dues à sa piété & à ses qualités royales ; & l'Eloquen-
ce d'un Pontife de l'Eglise ne pouvoit être mieux employée qu'à
publier l'Eloge d'un Roi qui a fait l'ornement de la Religion , &
dont les Vertus justifient les regrets des Peuples sur lesquels il a
regné , & ceux de la France qui l'a vû naître du sang de ses Rois ,
& les imiter. A Paris , ce 21 Décembre 1746.
M I L L E T.

De l'Imprimerie de LE BRETON, Imprimeur ordinaire DU ROI.